結婚の野原

伊賀伴生

IGA Tomoki

文芸社

目次

結婚の野原

プロローグ

人には歴史あり。人の数だけ物語あり。

野原には、草あり花あり。虫や鳥の声あり、川瀬の音もする。

結婚にも、出来事、次々に数多《あまた》だ。

優和《まさかず》と和美《かずみ》も「結婚の野原」に歩み、窮極は優和が介護者、和美が被介護者の老々介護に、そして優和は、二人の結婚は間違いではなかったとの心情で、前向きに老々介護の二人の暮らしを全うする。

一、妻・和美を看取りて

優和は、四月も終わろうとしている家の裏庭を、開け放たれた窓越しに、焦点の定まらぬ目で眺めていた。頭がぼんやりとしているのは、眠気に逆らっての早起きの所為《せい》かも知れぬ。

外が明るくなってきたのに申し分なく合致したような、優和の起床が、彼の躰をそうさせていた。こんな時には、得てしてそんな気怠《けだる》さに乗っかって、考えるでもなく、ある事を意識しがちになる。寡夫って生き物は。

窓越しの庭は、手入れ不充分にほったらかしで、時節柄、雑草の天国になろうとしている。でも、優和は裏庭がそうなろうとも、等閑《なおざり》にして抵抗感今一つだ。手入れは、優和には億劫だ。それに、雑草にして花を咲かせるのもあり、その為か蝶が裏庭によくやって来る。飛来の蝶は、大概は番《つがい》で、見るからに仲睦まじ気で、優和には底抜けに羨ましい。

何故かは歴然としている。彼は、足掛け六十四年同じ屋根の下で苦楽を共にし、それを分かち合って来た妻の和美は、今は亡く、男の独り身であった。番の蝶たちは、そんな優和を限りなく悲しませ寂しくさせる。彼はしかしそんな蝶たちが憎いながらに、和美が元気だった頃の自分たちを思い出し、遠慮知らずに飛び回っているのに、

「仲良くやるんだよ」

と、優しく番の蝶に一人ごちるのであった。且つ、彼は遺影の妻に、そんな蝶たちの話を、かつての自分たちを思い出しつつ為《す》るのであった。

優和は裏庭に、これまた番と思しき鵯《ひよどり》たちが飛来した時も、全く同じであった。番の二羽が心行くまで羨ましい、と同時に、いつまでも仲良く連れ添えよと、和美と自分を彼等に重ね考える。優和は、人生を纏める、否、人生が纏まる年頃になって次第に優しい心の持ち主に蘇生してきたようだ。それに加えて物事を良い方向に捉え、前向きに何でも考えて止まぬ日々を送る人に成り切っていた。好い余生だ。

そうでないと、独り暮らしの寡夫をこなし得ず、そんな悟りの独りの余生は素晴らしい。

しかして、優和には、唯一つ、前向きの暮らしにして、何とも諦め切れぬ心に辛辣、かなり厳しい鞭を打ち続けている事があった。それは、和美の死を以《もっ》て新余生開始点とするにあった。

和美は八十五歳で逝った。八十七歳の優和が彼女を黄泉《よみ》に送り出した。看病しつつ死んでゆく彼女を見送ったのだ。天なる神の残酷にして心ない悪巫山戯《わるふざけ》と言う外はない。優和は、馴れぬ人工呼吸をしながら救急車を呼んだ。死ぬな、死ぬな、生きるんだ、生き抜け、和美、頑張れっと、それは優和の心の叫びだった。

そんな中で、彼は、一つの誓いを、巫山戯神に立てていた。有言実行の彼の誓いは、(私は、涙なんか、何があってもどんなところでも、決して出さないぞ。外でなく心で涙の堰を切るんだ)

優和は、心の叫び、今も継続中だ。

優和と和美には、娘と息子がいて、上の娘は五十四歳十ヶ月で世を去り、下の息子は五十八歳で健在である。亡くなった娘には女の子が、息子には男の子がいる。つまり、優和と和美は孫二人という訳だ。真《まこと》は数多ではない。

さて、和美が逝って、同じ屋根の下の人無きの、全くの独り暮らしの優和は、和美の分も生き続けるべく、日々新旧の趣味と好き事に余念無しに暮らし、この一年、八十八歳から八十九歳の年域で、それまでの短歌に俳句と川柳に加えて、小説や童話、他に付曲依頼の作詞にのめり込む時を過ごすようになった。出来上がったCDを聴けば、何に付け、下手の横好きに拍車が掛かる優和だ。

「病は気から」に非ず、「健康は気から」と、彼は横好きの鼻息が極めて荒い。最初の付曲依頼が足掛かりで、彼はあるアマチュアバンドに自作の歌詞への付曲依頼を時折だが、続けてリードギター奏者の男性とキーボード奏者兼ボーカリストの女性と茶や食事を共にするまでになって、妻亡き寡夫暮らしに一筋の明かりが差し、その明かりが、日毎に弥増《いやま》してゆくのを確信している。

優和は、彼の住む住宅団地自治会に属する「輪友会」と称する老人会の会員で、同じ会員の一回り一寸《ちょっと》年下の男性と何かの切っ掛けで、これまた茶や食事を共にする友人同士となり、詰まるところ、彼を通じて前述のバンドを知り、懇親を極めるまでになった。もっとも優和が出し抜けに、自己紹介を兼ねて自作の詞への付曲を依頼したのも、バンドメンバーとの同懇親の因ではあった。友人、バンドメンバーの両人と優和、揃っての茶に食事の機会しばしばである。

優和には、自分なりに一つの信念があり、寡夫余生充実要件の一つとして、知己数多ほど良し、と言うのがそれである。且つ、彼は余生をそのように舵取りしている。細工はまあまあ、否、上々のようだ。打てば響く。

　年行くや　友人知人　数多ほど
　　余生の心　うらら麗らか

優和は歌い、そして願う。友人知人、神様よろしくと。

優和が眺めている家の裏庭、彼の放置を喜ぶ自然の様《さま》が、初夏から梅雨を経た夏へと動き始めている。そして、番の蝶たちが、またやって来る、あの番の少し大きめの両鳥、真《まこと》、鵯《ひよどり》だったのか。優和は疑念が消えぬ。鵯は秋から冬に人家近くの森に来るそうだから。あの番の両鳥が鵯でなかったとしても、彼の心に変わりは無い。番の生き物、寡夫には人の夫婦に見える。

春と秋、較べて優和は前者を好む。春は若い。片や秋は、実りの季と雖《いえど》も自分の余生を物語る季節に外ならぬ。友人知人数多あり、幸せであっても、正に色づく紅葉にして、程なく散りゆく。優和にとって、八十九歳が自分の今の現実である。何も彼もが羽撃《はばた》き躍動し始める春は秋に優る。言わずもがな、妻亡き余生にある彼の偽り無き胸の内である。

寡夫余生の彼の心は、しんみりとはいかず、前向きにプラスの思考である。仮に、余生短い終焉でも彼は斯《か》くありたい一心だ。もし九十五歳で空の星になったとしても、彼の考えでは短い人生だ、余生だ。

何故なら、前記に加えて、逝った妻の和美の分も加えた二人分の人生を、少しでも長く久しく実現させたい彼だから。長く久しく生き抜けば、それだけ自分の夢を追い続けられるし、もしかしたらその実現のゴールに到達できるかも知れぬ。そんな意欲の彼、優和であった。未完にして道中に得る事豊か。

このところ優和は、掃除や片付けに時間を割きたくない気持ちで暮らしている。時間が許せば、夢を追い、思索をし、またウオーキングも欠かしたくない。彼は三十三歳から七十五歳辺りまで、長距離走を生活の中に取り入れてきた。練習を加えてフルマラソンを優に六十回は、鈍足ながらに完走した。最高タイムは三時間九分、外国も含めて市民の大会に何度も参加した。十キロメートル、二十キロメートル、ハーフマラソンも数えられぬ回数、参加完走した。

自然と心躰が鍛えられ、優和は八十九歳の今日も、まず死には遠く、躰の不調を抱えながらに八十九歳とは思えぬ健康を保ち続けている。六十歳定年まで三つの小規模な会社勤めで時折こなした力仕事も、彼の躰づくりに少なからず役立った。六十歳定年退職後、シルバー人材センターを通して老人病院で働いたのも彼の躰づくりに、別途役立った。寝た切り入院患者を抱き上げもしたからで、患者入浴の際の事だった。

こんな何もかもが貴重な体験として、脚腰の立たなくなった妻の和美の自宅介助介護で、大いに役立った。夫婦であって、仮に男である夫が女の妻を見る場合でも、大抵は適切な施設に妻が入所する。男女反対の場合、まして何をか況《いわ》んやだ。優和と和美の場合は男女の反転に非ず。彼は、和美の最期まで頑張り通して、その面倒を看通した。優和は今それに満足している。だが、妻の面倒見に全くの後悔無しの彼の躰に、彼女の置き土産ともいうべき躰の不調が残った。

介助介護は、前屈みでの力仕事が殆どだ。優和は、疑い無しに治り難い脊柱管狭窄症の躰になってしまった。整形外科に通院し鍼灸マッサージ院（整骨院）にての施術の続行にして、治癒は簡単ではない。優和は、そんな躰不調で歩き難い。でも電柱相手に立った儘の腕立て伏せ紛《まが》いのストレッチングを時折繰り返し、ゆっくりながら一時間から二時間近く歩く。

優和は、かつて長距離走をこなした過去が懐かしく、ウオーキング中にジョギングやランニングをしている人を見ると、老若男女の別なく羨ましい。彼は脊柱管狭窄症の躰でさえなければ走れると確信している。不調な躰を押して、歩いている優和は、和美を背負っている気がしてならないのである。そんな好感情で、彼は仕合せに浸った。これも思考が前向きだからだ。

彼は、何とかして躰を治癒させ、年齢を忘れて走らねば、と考えている。そして、誰もそれを笑わないでほしいと思って止まない。

優和の寡夫余生は、生きいきと続行する。

優和は、窓越しの裏庭から目を離した。そして、前向きの一日をしっかりと始めていたのであった。彼のウオーキングの道に、八重桜が満開に花を付けていた。花また花は、皆《みな》彼を、激励している。そう想った優和であった。快晴の空に、眩しいばかりに輝く太陽があった。午《ひる》に近かった。勿論彼はゆっくりの歩き、電柱相手の腕立て伏せ紛いのストレッチング無きを得ない。彼はやれる範囲で、躰調回復に期待していた。何と言っても、心前向き、諦めは優和にとって大敵だ。

二、和美は認知症に

「おとうさん、私、日が判らないわ」

ある日の、妻の和美の、優和に投げ掛けた一言であった。彼女は、壁に掛かる小猫の写真付きカレンダーの前に立っていた。

これが、優和の妻の認知症のスタートだった。彼女も優和に教えられ習っていて、生活にジョギングを取り入れていた。

でも、その一言を口にした頃の彼女は、楽しみなジョギングの走りを欠く身になっていて、致し方なしの状態でもあり、代りに優和と一緒に、躰にあまり負担の掛からないウオーキングをしていたのである。それはかなりの期間継続、和美の脚腰の弱化を案じる優和の一心からの事であった。

ついでながら、和美はかつての職場の検診で、中性脂肪とＬＤＬコレステロールの高めを告げられ、その解消には走る事が一番との優和の勧めに従って走り始めたのである。

彼女の走るフォームは、優和が兜を脱ぐほど綺麗だった。彼女は、中学校時代に陸上短距離の選手で、何でも県大会で走ったと、誇らしげに言っていた。和美は走り始めて職場検診も結果良好となり、加えて肥え気味だった体躯も、足並み揃えて解消していった。

二人は、種目は違ったが、同じ大会にエントリーした。和美は一度だけ十キロメートルを走ったが、後は五キロメートルに出た。同じコースを使っての大会では、二人は擦れ違い対向して走る事もあり、優和は和美に擦れ違う瞬間に「頑張れよ」との激励の言葉を掛けた。一緒に同じ大会に参加するのは、優和にしては本当に嬉しく喜ばしい事だった。

そんな和美が認知症を患うなど、優和は夢にも想わなかった。無理もない。それは、それまで続いて来た、続けて来た、共に一緒の暮らしをして、優和にして当然であった。もちろん神様というのは、時に悪戯好きにして悪巫山戯好きだ。世の人は皆《みんな》、そんな神様に良いか悪いかは分からぬが、守られ生きている。守られているのは、どうも百パーセントでは無いようだ。それが優和の意《おも》いであった。

三、奇行に走る和美との暮らし

結婚後、優和と和美は、たしか五度の引っ越しをした。大きくは、理由は二つであった。

一つは、優和の父が亡くなり、一人になった優和の母、つまり姑の面倒を見る事、もう一つの理由は暮らしの経済的事情にあった。また、二人が結婚した当初の優和の母との不仲も理由の一つであった。それでも、二人の縁は切れる事はなかった。

優和は、それまで四人の死に対面した。和美は、自分自身の死は除くから対面は三人だ。

和美は、優和と結婚していなかったら、どんな暮らしをしただろうか。仕合せの点では如何《いか》に、不仕合せに就いては如何に……。優和は、今は時々それを考える妻逝きし余生にある。

さて、優和は、寝た切りになってしまった和美を介護するようになって、その彼女の

顔に自分のそれを思いっ切り近付けて、

「お前とは六十四年も一緒に暮らして来たんだよ」

と、言葉を優しく掛け、彼女の莞爾《にっこり》する笑顔を見て、仕合わせの方が不仕合わせより、ずっとずっと多かったのだと、自分なりに判断していた。終わり良ければすべて良し。和美は自分と暮らして、とても好い結婚だったと意識している、と信じるのが、優和の偽らざる心中だった。

それは、優和が八十歳で、和美が七十八歳の時だったか、ある日二人で、和美が独身時代に家が隣り合わせだった隣家の当時九十歳を越えていた小母さんを訪ねた時、その小母さんの和美に語り掛ける優しい言葉を耳にした優和だったからだ。

「和美ちゃん、貴女ねえ、好きな男《ひと》と結婚できて良かったねえ。旦那さんに逆らわずに、はいはいと、言う事を聞いてね。その方が貴女は仕合せよ」

これが、優和が耳に入れた、印象に残る小母さんの言葉だった。優和は、和美が自分を気に入って自分と結婚した事が判って、殊のほか嬉しかった。優和は小母さんから好い事を聞いたものだ。和美から直接には聞いた事の無い、結婚前の彼女の意《おも》いを、八十歳にして知った彼であった。優和は、小母さんの言葉を聞いて、軽く目を閉じていた。走馬灯のように、明暗そして山あり谷あり、更には晴天荒天ありの、二人の結婚生活が、彼の頭の中を駆け巡り、何はともあれ、二人のどちらにとっても、同じ屋根の下の暮らし、終わり良ければすべて良しの、夕日に染まりつつあると信じて止まぬ彼であった。優和の心は、快晴の夕空であった。

和美が認知症を発症する前の二人の余生はそんな訳で、穏やかだった。ところが、突然自分より早く亡くなった娘の死が原因だったのか、葬儀の時、和美は奇行に走ったのである。それを境に彼女の認知症は進み、かなり悪化して行ったようだった。

優和は、和美を回顧する時、いつでも、この事が頭を過《よぎ》るのだ。娘の遺体を荼毘に付している間の会食中に、彼女は突然にその場を離れて葬儀場の建物の外に出て、いずこへともなく徘徊し始めたのだった。その時の和美を懸命に追った自分の、あの侘しい記憶が、優和の回顧の中に甦る。病む和美を不憫に思う優和だった。

認知症は、少しずつ徐々に徐々に、進行してゆく病である。掛かり付けの主治医の投薬はあったが、それは服用しないよりは増しだが、認知症治癒の効果は望めなかった。

和美は、アルツハイマー型認知症に罹っていたのだ。そんな妻の病に、彼は神を恨む。

和美は、徘徊を度々繰り返す頃には、認知症ならでの奇行が、これも度重ねるまでになっていた。カップに水を入れてガスコンロで水を湯にしようとする。中に水が入っていると思って、ボトルの焼酎をキッチンの流しに捨てる。蓋を開けたばかりの容器の中身を捨てて空になった器を洗い清めて伏せ置く等々、挙げれば切りが無い。

また、徘徊の傍ら、亡き姑への孝行とも思える奇行に折に触れ走る身となった。優和が本や辞書をうっかり忘れ置くと、そのページを無作為に破り取ったのを丁寧に重ね、時に彼女の側の水屋の抽き出しに、それを直し込んだ。本や辞書に限らず、紙の類に共通の彼女の奇行であった。でも、姑のように破り重ねた紙を紙幣とは思わなかった。優和は他の紙はまだしも、本や辞書は努めてテーブルの上やその辺りに放置しないようにした。

そして、和美は優和に事ある毎に喧嘩を吹き掛けるようになり、更には、「長い間お世話になりました。こうしてはいられないので、今から帰ります」などと言って、手には手提げかバッグのつもりの、その辺にあった物を携えて、家から出て行き、優和はその後を追う他は無いようになって行った。

そんな時、彼女は何でも足に履く。片足はスリッパ、他にジョギングシューズといった具合に。余所《よそ》の家に入って、その家の人の計らいで警察に保護される。いつの間にかの、徘徊でのこれまた警察保護、類似の事が何度も繰り返される。優和が想像するに、どうも昔の事が和美の頭にあって、両親健在の娘時代の家に帰ろうとしているようだった。優和は、和美の徘徊の因をそう判断していた。

認知症になると、時代や時間の混同と錯綜が頭の中で頻発する、とは、一般の説だ。徘徊は認知症、且つ脚達者《あしたっしゃ》故の行動であり、その頃は、優和が声を掛けると、まだ一緒にウオーキングもする和美だったのだが……。

且つ、帰宅すると突如の事、優和の隙を見計らうが如くにまた徘徊を始める。門の扉の開閉音が彼の耳に届けば、直ぐの対応が可能だが、さもないと行方不明の和美となる。優和と一緒に歩いていて、和美は下《しも》の粗相もやらかし、その為に彼はできるだけ速やかに共に帰宅して、一緒に浴室へ行き、そして彼女の躰と汚れた着衣を洗う。先に彼女を浴室の外に出すと、今度はいい加減な服装で外出徘徊に及ぶ。未だ浴室で裸の彼には、打つ手無しだ。

和美の認知症行動を抑制すべく、優和は主治医から効用の大きい精神安定剤の投与を、服用上の注意と共に勧められた。だが、彼は主治医の言葉を軽く受け止めた所為《せい》なのか、服用させるのを忘れた際に、次回に二回分をもって対応した。その回数こそ多くはなかったが、和美を結果として好ましくない躰調にしてしまった。一緒に歩いている彼女の言葉を優和は、忘れない。彼の不手際故の言葉だ。

「おとうさん、私、もう歩けないわ」

と言い様《ざま》、和美は歩道に腰を降ろしてしまい、車で通りかかった方に家まで車で送ってもらった事も度々だった。特効薬の用法の誤りは禁物である。誤った服用が、和美の脚腰を弱らせた。優和は、未服用の儘残っている同薬を眺めては、己の失敗を悔いるのだ。彼の頭には優先的に、何としても服用量を外すべきではないとの意《おも》いがあったのだ。和美の脚腰の衰退は、加速していった。投薬で和美の粗暴行為は収まったが、意識喪失の回数が増えて行った。

その度に救急対応に追われ、救急車で運ばれての対応処置に救われ、無事帰宅するも、その直後に再意識喪失で救急入院、しかも大晦日の夜、という事もあった。硬膜下血腫がその原因だった。主治医の、過去に複数回の頭部打撲有り、との診断での手術入院一ヶ月余。退院一ヶ月後に高ナトリウム血症での改めての再入院一ヶ月となり、和美には約三ヶ月の寝た切り生活止む無しで、然様《さよう》に一連の事が、彼女の脚腰衰退加速を招いた。

加速以前の脚腰衰退時、和美は、家の中を仰向きになり様《ざま》に腰と腕で動き回り、無差別に物の上に両膝下を乗っけた。それで、扇風機が毀れたり、脚を乗せた物の上に置いてあった物が下に落ちたりした。そんな乱暴好き勝手の末、所構わず寝込むかと思えば、粗相も度々し、優和は思わず小言を和美に吹っ掛けつつも、自分の役目と事々に対応した。でも優和は、和美の寝顔に心が和んだ。

こんな和美への不可欠対応処置、枚挙に暇無しの優和は、処置を終えて、私たちは夫婦だ、と自分に言い聞かせるのであった。

優和には、和美が頭を打ったのではないかと訝《いぶか》る事実があって、彼女の硬膜下血腫発症の原因に数えて然りと思うのであった。事実はこうだ。一つは、スーパーの駐車場で高齢男性が運転する軽トラックに、和美が躰を打ち付けられて転倒してしまったのだ。

しかし彼女が直ぐ立ち上がったので、その儘にして件《くだん》の男性に頭部検診の費用も求めなかった。ついその儘で時が過ぎてしまった。

それは大事が起きぬと軽く考えたが故で、側に偶《たまたま》いた女性が、そんな優和を不可思議に思ったのか、しばらく動かず立っていた。

もう一つは、優和と一緒にウオーキングをしようとしていた時に、和美が家を出て直ぐ道路の側溝に足を踏み外して転倒したのだ。やはり直ぐ立ち上がったので大した事は無いと、病院での頭部検診をしなかった。後になって、この事を悔いる優和だ。和美には引っ込み思案の嫌いがある上に、認知症が手伝い、検診の意思表示を欠いていたのだ。当然である。優和の直ぐの対応、当然である。だが、事欠いた優和であった。

優和の不用意故の精神安定剤の誤服用に伴う自歩行不全、転倒、頭部打撲に因る硬膜下血腫に伴う手術と、高ナトリウム血症の回復の為の入院があって、和美は完全歩行不可の身になってしまっていた。和美は、認知症の症状が現れてからこうなるまでに、何年費したか。三年、四年、否、もっとだったか。優和がマラソンに参加する時は、長男が、わざわざ遠地から来て、優和のフィニッシュまで和美を看てくれていた。彼女の症状が未だ軽い時の事だったが。

話はずれるが、和美退院時の病院でのカンファレンスの席で、優和は、和美をそれなりの施設に入所させずに自宅で看るとの自分の意を告げた。隣席の長男は異議無しで、もっとも考え詳細に及ばずでもあったのだろう。同席の他の皆《みんな》は、優和の言葉に驚いて彼の顔を見た。皆優和が、和美を施設に入れるものと思っていたようで、施設に入れるのが普通だ。兎に角、自宅介護は容易《たやす》くはない。介護する者、される者が、男女なら未だしもにして、優和と和美の二人の場合はそうだった。だから、

「まずやってみます。もしやって無理だったら、その時は考え直します」

優和は一同を見渡して、そう言ったし、実際に和美の終焉まで、訪問看護とヘルパーを受け入れて、やり通した。過去の彼が、彼の過去の経験が、大いに役立ったのである。誇張なく、介護をこなせる五躰だった。

優和は、自宅介護を押し通せて本当に良かったと、寡夫の余生を歩み出して、意《おも》い続けている。もし和美を、あのカンファレンスの時の優和以外の同席者の極く当然の考えなりに、それ相当の施設に入れていたら、自分自身は介護無縁の楽な毎日が送れたのは

たしかだったろう。でも、彼にはその選択肢は無かった。

その理由の一つには、彼は鍛えられた自分の体躯に、少なからず介護をこなし得る強い自信もあった。長年同じ屋根の下で暮らして、いざこの時になって、事の投げ出しなど、心許さずもあった。カンファレンスには、主治医、看護師、ケアマネジャー、それにヘルパー、退院を控えた患者の家族が同席する。一般的に、自宅介護は何かと問題ありの施設入りが常識である。

優和は、和美の自宅介護を決めた時、覚悟の念が躰の隅々まで漲った。その自信があった。

四、和美の介護の日常の始まり

和美は、硬膜下血腫手術及び高ナトリウム血症で入院するまでは、最初はデイケア、次はデイサービスを利用して、対応する施設に行っていた。入院はそれぞれ約一ヶ月で、その間は自宅で約一ヶ月の計三ヶ月を通して、彼女は寝台と車椅子での暮らしだった。この三ヶ月を通して、彼女は完全無歩行で、最初の入院の初めの頃は、どうにかでも歩けたが、三ヶ月後には、全く歩けなくなっていた。

その為に、入院前に通っていた施設から対応不可との診断をもって、デイケア及びデイサービスの受け入れを断られた。二つの施設共に不可だった。ずっと関係していたケアマネジャーが当たった三番目の施設から、デイサービス受け入れ可能との回答を得、それに拠って和美のデイサービス利用が復活した。優和は、このお陰というより、これを生かす事に拠って和美の自宅介護がやり果《おお》せたのだ。そして、それをやり通したのだ。やり通すことが出来たのだ。

だが、問題があった。寝台暮らしが長かったが為に、和美は尾骶骨《びていこつ》から少し上部に掛けて、俗に床擦れと称する褥瘡《じょくそう》ができていて、これを治癒せざるを得ない難題が、優和に課せられた。病院入院中に生じた褥瘡の治療として、絆創膏の上にフィルムを貼る形の対処が為されて、彼女の退院の際に病院から二つの支給があったが、しかし退院後の治療に足る筈も無く、優和は病院の処方箋に従って、同品を調剤薬局を通じて購入した。

ところが驚くばかりの高価な物だった。彼は、同品は手に入ったものの、それを用いた治療で褥瘡が治る気がしなかった。何故なら、彼は痔瘻手術後の治療を知り、心得ていたからだ。自らがかつて痔瘻罹患手術後の治療を体験した故である。痔瘻手術後の治癒は、食事内容に負うところ大である。褥瘡と痔瘻は、どこか患部が似ていて、一つの治療共通点をもっていて褥瘡は治せる、と判断した優和は遂行あるのみと、即実行に移していた。彼は、肉の再生は蛋白質に富む食事にあると心得ており、和美の褥瘡に対応した。

当初はケアマネジャーの指示で、ヘルパー作りの食事を優和が和美に食べさせる手筈だったのを、彼手作りの食事をヘルパーが和美に食べさせる事にした。というより、一緒に食事作りをした。食事内容は、優和が決めた。

煮豆に適量の薄塩焼きの背の青い魚、つまりは秋刀魚や鰯や鯵等を混ぜたのを、ミキサーに掛けて更に水を加えてスラリー状にし、これに鶏の唐揚や竹輪、蒲鉾の類を加えて再度ミキサーを回転して、出来上がったのを和美に食べさせる菜の一つとした。指示は優和がした。ヘルパーには悪いと思いつつ彼が、そのようにしたのは、偏《ひとえ》に和美の褥瘡を治したい一心からで、外の何物でもなかった。

優和は副栄養素にも配慮し、細かく刻んだ野菜を一品とした。そして、和美の食事は、トレイに並ぶ器の数にして四品から五品、時にそれ以上の時もあった。和美も大概残さず食べる。すると彼女の褥瘡は、みるみる治ってゆき、食事療法二十日余りで治癒していた。褥瘡は摂取栄養如何《いかん》にあり、食欲不振は大敵である。優和の意とする痔瘻治療の知識が、結果的に功を奏した。斯様《かよう》に体験は事の如何に拘らず、実に貴重だ。

五、自宅介護に忙殺される日々

回復駅に向かって発車した。一輌編成の車輌、乗っているのは、運転する優和と客の和美、決まって訪問看護師とヘルパーの方が乗降する。回復駅に到着せず、途中で運転打ち切りになるかも知れない。神だけが知っている事だ。それでも構わない、心する優和は、和美の面倒に最善を盡《つ》くして為し遂げようとしていた。

為せば成る、為さねば成らぬ何事も、成らぬは人の為さぬなりけり。

上杉鷹山《うえすぎようざん》の詞《ことば》である。優和はこれに心から同感した。彼の頭には、幸《さいわ》いなるかな斯《こ》の詞《ことば》が常にあった。カンファレンスの席で、和美の自宅介護を意図し、これを同席の皆に告げたのも、斯《こ》の詞《ことば》に拠《よ》るところ大だ。彼の覚悟は現実となった。

優和は、妻を愛している自身の心を、改めて客観的に知ったのである。それまでに、全く介護する暮らしが無かった訳でもない。でも、寝た切りの妻和美の日々の介護開始で、自分のそんな気持ちに狂いの無い事が分かった。

優和の考えに誤り無く、和美の褥瘡は完治した。優和は嬉しかった。みるみる患部が小さくなって行くのを観て、優和は鬼の首を取ったような気分になった。第一に妻を褥瘡から解放させた事、第二に食事療法こそが、褥瘡治療に不可欠であると事実をもって識《し》り得た事が、和美の躰から褥瘡が消え去った時の優和の歓喜慶賀の心の根底にあった。

私の今の存在無くして、妻の今の存在は無い。和美の寝顔を見下ろして、優和は心にそう刻んで止まない。過ごして来た共の暮らしを考える時、介護に明け暮れる今が一番仕合わせなのだ。それが優和の偽らざる心情である。

（お前に金銭的苦労をさせたのは、元はと言えば私が悪かったからだ。あの土地付の家だが、土地を手放したくなく、故に家の建て替えに走ったのがいけなかった。その為の住宅ローンの支払いに行き詰まって、家の経済をお前に任せっきりにしていたのは私の責任であり、その為にお前は、借入金を増やさざるを得なかった。お前は実情のすべてを私に話さず、一部を伏せた。するとそれが要因になって、また借金が増えた。でも何度か同じ事があっても、何とか私たちは山を乗り越えられた。銀行からの借入や二回の引っ越しやらで、返済した。だから、段々貧乏したけど……。それで三回も新築の家に移れたけど。土地値の廉《やす》い所に移転して、差額で借金を返した。お前が借金の一部を伏せなかったらなあ。私に遠慮したんだな。私の定年退職の退職金の半分やお前がパートで稼いだ金も消えたけど。でも、生活は何とかできたんだから、構わないさ。それより、同じ屋根の下で今日まで一緒に暮らせた事の方が大事だよ。金は天下の回り物って言うから）

と、時にこんな事を軽く振り返って考えつつ、和美の下の世話をする。手が汚れても気にしない。すっかり任せっきりの妻が愛おしい優和だった。でも彼とて人だ。時に逆らう妻を手荒に扱ってしまい、はっとする。

和美の頬を平手で打ったりもした。和美が「痛い」と言うと、認知症が少し快復したのかと思った。そんな彼女の顔を見下ろすと彼女の信頼の眼が、彼を見上げていた。愛おしい気持ちが優和を責めた。叩いて御免と。

和美を着替えさすのも楽ではない。寝た切りの相手だから意《おも》うようにはなかなかならなくて、途中で投げ出したくなるが、やらない訳にはいかぬ。優和は、訪問の看護師やヘルパーのやるのをじっと見て、着せ替えの手順を覚えた。彼は上杉鷹山《うえすぎようざん》の詞《ことば》を思い出し、（やらねばならぬ）と、己を鼓舞する。

やっと着替えさせて、妻を仰向けにした優和は、ほっとして、顔を彼女のそれに思いきり近付けた状態で、「お前とはなあ、六十四年一緒に暮らして来たんだぞ、分かるかい」と、語り掛け、彼女の相好が待ち構えたように軽く崩れる時、大きな至福を感じる。相好を崩すのは、彼女が彼の言葉を理解しているからだ。長袖のＴシャツは実に着せ難いと、優和は思いつつも、嬉しい。

優和は寝台のシーツを交換しづらかった。でも、看護師やヘルパーの作業を見ていて、それを覚えた。いつの間にか、彼は下の作業中に、和美が生理現象を起こしても慌てなくなっていた。タオルを手にそれを受けた。彼は、手に温かさを感じながら、愛おしく意《おも》うのだった。六十四年の絆を結ぶ伴侶の彼女だ。

和美の食事だが、初めの頃は寝台の半分を背凭れの形に起こし、それに彼女を座らせ凭れさせて、食べさせた。序《ついで》だが、未だ彼女が歩ける頃には、仰向けに寝かせた状態で食べさせた。看護師から喉に詰まると注意されたが、大事には至らなかった。

程なく、一旦寝台から車椅子に移動させて食べさせるようになった。食べ終わると車椅子から寝台へ。優和は、食べさせながら、未だ妻がテーブルで自分で食べられる頃を思い出す事もあった。

彼女が床の上にまるで砂を撒いた如くに零《こぼ》した食べ物を掃いたり拭いたりして、元の床に戻した時の事を思い出すのだ。いつも、彼女に文句を言った。彼は、車椅子に腰掛けて、彼がスプーンで食べ物を口に近づけると莞爾《にっこり》する彼女を見て、叩いたりした過去を、済まぬと悔いた。何故、優しく声を掛けてやらなかったのかと、反省一入《ひとしお》の彼は、一生懸命に食べさせた。それは年来の夫婦だからだ。

優和は、妻の和美に食べさせながら思い出す。夫婦で旅した事を。旅は色々だった。車で長男の家を訪ねた。片道四百キロメートル余りの往復を優和は一人で運転した。息子の家には一週間程滞在した。ツアーも幾度かした。そんな旅の事を思うだに、元気だった妻が懐かしい、目の前にその姿が浮かぶ。何でこんな妻になってしまったのか。いつも、最後には、思いがそこに収束する。

彼女に寝た切りながらに健康を保ってほしい、と意《おも》う彼は、その考えに合う彼女の食事を作る。器の数は少なくても五つ、そして、すべてを食べさせる。健康を維持してほしい故に。だから、彼女が残しかけると、ついつい彼女の額をまた平手で叩く。勿論、軽くであった。満腹なのかも知れない。なのに、彼は無理に食べさせようとしていた。そうしないと彼女の健康が駄目になる、と、考える彼であった。

食べたくない彼女は、口の中の物を吐き出した。当然の事だ。彼の額叩きは、複数回の時もあったし、偏《ひとえ》に、彼女が寝台生活にして元気でいてほしい一心からの、彼の行為だった。そして、彼は、その時は漸《ようや》く自分の誤りに気付いて、食べさせるのを止めた。無理に食べさせられて困惑しているのが判る彼女の顔に、元気で一緒に旅した時の彼女の顔が重なる。彼は彼女が不憫になった。そして、頗《すこぶ》る残念だった。

認知症になる前の彼女に未練一杯の彼は、食事が終わると車椅子から彼女を引き上げるようにして立たせ、まるでチークダンスをするが如くに彼女をしっかりと抱え様《ざま》に右に左に、前に後に、彼女の足から頭にかけて傾斜させ続けた。より彼女の脚腰が弱くならぬようにとの彼の気持ちの、彼にさせる行為だった。何かの拍子で、彼女が上、彼が下の形で倒れた事があった。物にぶつからなくて幸い、彼の顔の前に彼女の顔が微笑《ほほえ》みつつあった。仕合せに満ちた微笑《ほほえ》みだ。彼も仕合せを心一杯にして微笑み返していた。

その後、彼女は彼によって寝台の長手方向に交わるように仰向けに置かれ、腰から下は寝台の外にある。そして、彼が彼女の左側に寄り添う形で、やはり仰向けに寝る。彼の腰から下も寝台の外にある。彼は、彼の右腕の腕枕に彼女の頭を乗せてやる。こうして一時《いっとき》が過ぎる。彼は彼女に問い掛け、返辞も彼の役目である。こんな風に彼が演ずるのである。

左側の彼が右側の彼女の左手を取り、「御飯は美味しかったですか」「はい美味しかったです」と言うと同時に右手で彼女の左手を上に上げる、といった具合に、問いと答えの内容を変えて何度か繰り返す彼であった。彼女は、時に声を騰《あ》げて笑った。彼はこの一時《いっとき》を過ごしてから、彼女を普通に寝台に寝かせてやる。そして、必要であればパッドやパンツの交換をする。こうした一連の行為を終えた彼は、頬を彼女の頬にそっと当ててから、掛布団を彼女に掛けてやる。

彼は、彼女の為に費やした後の残った時間を以て、他事をこなす。彼は時間の許す時に彼の食事をする。他事の一つだ。洗濯もある。彼女つまり妻和美の着衣を優先して洗濯するのを常とする彼だった。彼女の食事は、食べさせる前に作った、等々。でも、往々にして、いつの間にか眠ってしまう。仕方の無い事でもある。色んな事が重なり、申し訳なく且つ可哀相だったが、時に彼女の食事と食事の間隔が十時間前後になったりする。でも、彼女は黙って大人しく寝台で横になっていた。彼は彼女の食事を作っている途中で眠った時には、本当に済まない気持が胸から溢れ出た。

何はともあれ、偏《ひとえ》に彼女の面倒を見る事に仕合せを感じる彼だった。優和は和美とのそんな夫婦の暮らしに、不足は無かった。他人が聞けば嘘と思うだろうに。

「和美ちゃん、貴女ねえ、好きな男《ひと》と結婚できて良かったねえ。旦那さんに逆らわずに、はいはいと言う事聞いてね。その方が貴女は仕合せよ」

との、小母さんの言葉が、改めて頭に浮かび、その言葉に心を攻められ慰められて嬉しい優和であった。

六、優和が結婚を願った女性たち

優和と和美は、これまで同じ三人の死に対面した。つまり優和は彼の両親と義母としての和美の母親、和美は義父、義母としての優和の両親と彼女の母親と言う事になる。若し和美が旅立てば優和の対面者だけ一人増える。

優和は和美の介護をしながら、こんな事を突然に意《おも》い出す。何故だか彼には解らない。死を頭に浮かべるなんて、和美の若しやの死が、彼をそうさせたのか。

優和には、結婚したいと心に思い定めた女性が三人いて、和美はその三番目だった。一番目の女性は、彼の家の左隣二軒目の家に住んでいて、四歳年下の佳深《よしみ》だった。当時大学生だった優和は、近所の誼《よしみ》で頼まれて、折に触れ彼女の勉強の手伝いをした。たしか彼女は中学三年生だった。勉強の面倒を見る合間に、時には二人でハイキングに行ったたし、示し合わせて共に学校帰りに映画を観に行ったりもした。初夏の頃、一緒に散歩もした。夏が去り、秋めく夜に自転車に二人乗りして、家から少し離れた公園にも何度か行った。彼女も彼を嫌ってはいなかった。そして、これからの人生を彼女と共に過ごしてもいいかなと思い、彼は勇気を出して彼女の父親に結婚したいと願い出た。

優和の申し入れに対して、彼女の父親は言った。

「将来、二人の気が変わらなかったらね」

と、未だ大学生だった彼は、彼女の父親から嬉しい回答を得た。

その後、大学を卒業した優和は、先輩のいたある小企業の会社に就職した。こんな会社よりもっと気の利いた会社に就職したら、との先輩の頷ける言葉を聞き流し、自らの意思でその会社に就職した。

その会社は、溶融アルミニウム鍍金《めっき》を生業《なりわい》としていた。耐熱耐食の為に鉄鋼にアルミニウムを溶融鍍金するのである。七二〇度位の溶融アルミニウム浴を用いての熱作業だから、唯でさえ暑い夏の作業は、決して楽ではないが、家庭を持つ為に早く経済力を身に付けたい優和はこの仕事に耐《た》えた。

先輩同様に、大学の工学部金属工学科卒業の彼には、全く無関係の仕事ではなく、先輩も勿論、同じ大学且つ同じ工学部金属工学科卒業だった。もっとも優和は、以後に同社を含めて、二度転職して三社で働く事になったが。どれも、金属工学に関係があった。

優和は、和美と結婚した後、和美から聞き知ったのだが、彼女は彼が勤める溶融アルミニウム鍍金会社の得意先の会社で働いていた。これも、何かの縁と、優和はそう思ったものだ。

優和が大学を卒業して働き出した頃、在学中に彼が勉強の面倒を見たり、一緒に遊んだりして、最初に結婚しようと思い定めていた、その二軒隣の佳深の姿が見掛けられなくなった。すると、優和の母がこう彼に言った。

「お前は、きっと嫌われたんだ」

と。そして、事ある毎に二人の仲を腐《くさ》す言葉を彼に浴びせた。優和は、去る者は追わず、と考えて、あっさりと彼女を諦めたのだが、これが間違いだった。母の言葉を疑って、自ら真実を質《ただ》すべきだった。後日、彼は自分の軽率をもって自分を責める事になったのであった。

親であっても、その言葉を即信じてはならない。彼は、この世を去るまで、斯様に痛感して止まないのである。佳深は、優和との結婚に備えての色々な準備や俗に言う花嫁になる為の修業を兼ねて、父親の実家に居を移していたのだ。だから、優和や彼の母には、彼女の姿が常に見えなくなっていたのだった。何も言わずに消えるのも悪いが……。

丁度その頃だったたか、当時K市に住んでいた優和の従姉の、K市に遊びに来ないか、との便りを貰った彼は、春未だ浅い頃、同市の従姉の家を訪ねた。従姉は、比較的に近距離の名勝地や有名地に彼を連れて行ってくれたが、日帰りにしては、景勝地ではあるが遠距離のM岬には、彼単独の訪地を提案した。彼は、折角だからと、従姉の小学校一年生だった娘を連れて行く事にした。

当日のM岬に向かうバスは乗客が多く、優和は従姉の娘の手を取り立っていた。すると、座席に座っていた二人の女性が両人の間を空け、女児をそこに座らせてくれた。目的地に着き、優和は二人の女性に礼を言って別れた。ところが岬観光を終えて優和たちがバス乗り場に戻ると、件《くだん》の二人の女性と、また一緒になった。そして、帰りのバスの中で、ごく自然な形で優和は二人の女性と言葉を交した。若い女性の方が活発だった。年上の女性は、話に耳を傾けがちだった。あとで優和から二人の女性の事を聞いた従姉は、それは良かったと、喜んでくれた。

そして、M岬観光の日の事が切っ掛けで、若い方の女性、継世《つぐよ》から優和に時々便りが届くようになり、優和も返事を出した。二人の女性は姉妹だった。彼がO市に帰ってからの事だ。

M岬観光の翌年の夏だったか、またK市の従姉の家を訪れた優和は、継世とA岬を観光した。以前訪れたM岬はK市の東にあり、今度のA岬は西にある。従姉が、私は行けないから彼女に一緒に行ってもらったらと勧めた事もあって、優和はそのようにした。観光旅行は、プラトニックに一泊旅行をもって終わった。A岬観光からK市に戻った翌日だったかに、優和は彼女の家に招かれて彼女と彼女の家族と夕食を共にした、彼女の姉の陵《りょう》も勿論一緒だった。

優和は継世を、K市から一緒に帰る形で我が家に招き、彼の家からは容易に日帰りできる観光地を案内したり、時に名所旧跡にも赴いた。そして、三日許《ばか》り彼の家に泊まった彼女をO駅発の列車の車中にまで一緒に入って、見送った。

彼には、彼女を間違い無く彼女の住むK市に帰すべき責任がある。彼の彼女に対しての斯様な一連の行動は、最初にM岬を観光した時の往復のバスの車中での事や、二番目に訪れたA岬観光に同行してもらった事に加えて彼女の家での夕食に招かれた事への、直向《ひたむ》きな恩返しの心に根差す故のものだった。

しかし、彼女は優和との結婚を夢見、且つ考えていたらしく、彼がそれを感じ取れる便りが、彼女から届いた。彼女との結婚の心が皆無の彼は、どうしたものかと思案、ついつい対応の処置を等閑《なおざり》にして、日を送っていた。

すると、春めいて来たある日、一通の封書が優和宛に届いた。彼は封書が陵からのものだと知った。訝し気に且つ、もどかし気に封筒から取り出した便箋の文面に、目を注いでいた。彼は読み進む内、啻《ただ》ならぬ何行かの文面に心がときめき、且つどよめいた。彼は、妹の継世に較べてどことなく控え目の彼女を、会った最初から悪く意《おも》ってはいなかった。寧《むし》ろ、彼女への関心の方が濃くて高かったのだった。

彼は、勤める会社の土日連休に有給休暇を加えた三日間の休みを利用して陵の住むK市に向かった。家には帰らず直接駅に行き夜行列車に乗った。この行動については、彼は従姉には伝えなかった。でも、彼の母親は感じ取っていたようだった。母親から従姉に、優和のこの行動について連絡があったのも、それ故だった。

夜行列車でK駅に朝着いた優和は、真っ直ぐ陵の住まいに行った。彼女はある家の二階を借りて住んでいる。優和が彼女の住まいに着いて直ぐに、二人は市の公園の山に出掛けた。年上の彼女は、彼に優しく、気配りに長けていた。そして、彼と一緒に過ごす時は、仕合わせを満喫しているようで、彼は彼女の彼から一寸離れている所でした仕種や振る舞いから、それを読み取った。彼女に負けず、彼も仕合わせだった。

彼女の誘いで、二人で彼女の家に立ち寄った。家は皆《みんな》不在、勿論彼女の妹の姿も無く、家は深閑《しんかん》としていて、真に二人に設《しつ》えられた家の全容が、両人を迎えてくれた。屋外で、羨まし気に鶯が啼いた。しかし、そんな家の状態が続く保証は無い。

彼女の汲んだ清涼な井戸水に、愛を互いに感じつつ味わった二人は、その先の行為に陥《おちい》って当然の行動も無く、また公園の山の散策に復《かえ》って行った。口付けこそ、交したかも知れぬが。下顎《したあご》張り気味の女性は、相手の意《おも》いを心理的に受け入れ育む、優しい心の持ち主である。

優和の家の二軒隣の家に住み、以前勉強の面倒を見、その父親に結婚を願い出た佳深も類《たぐ》い変わらず、下顎《したあご》が軽く左右に豊かな女性だった。

優和は、彼を真ん中に、現《うつつ》に行動を共にしている陵に、結婚を諦めた佳深を心で重ねていた。年の違いを除けば、彼にとっては、いずれとの結婚も変わらずであった。年を除けば、彼にとって優劣は無かった。

もっとも、年上の女性が母性的愛を折に触れ投げ掛けてくるのは、一般的だろうし、優和の意《おも》うところでもあった。一人っ子の彼の母親は、実際には叔母で、優和は彼女の兄の子だった。彼は義母に実子のように育てられた。適切を欠くかも知れぬが、彼が年上の彼女、陵に心引かれた理由の一環か。年上女性の愛情に包まれたかったのか。一時の愛なのか、恋なのか。年下の佳深も間違いなく彼に心を寄せている。

「優和さんが来ている筈だけど」

それは、紛れも無い従姉の声。やはり、母親からの連絡を受けた従姉だった。優和の従姉の「御免ください」の呼び声に、階下に降りて行った陵は、穏やかに対応していた。

優和は、二階で、階下の二人のやり取りを聞いていた。階下の二人は揃って大声になる事も無く、交す会話は物静かに終わった。

やがて一人二階に戻った陵は、

「私、送って行くから、今夜は従姉さんの家に行ってね。それから、明日の朝は私がK駅に行って、見送るから。従姉さんもそう言って帰られたんよ」

と、言って、畳の上に座った。彼女は、階下に降りるまで座っていた座布団はその儘に、仰向けになっていた彼に寄り添うように、彼女の座る位置と態《たい》を無意識に採《と》っていた。見る人が見れば二人は、夫と妻のようでもあった。彼は、躰を移動して、彼女の両膝を枕にした。正確には、彼の頭は彼女の膝と膝の間に、仰向けに収まる形になっていた。それ程に二人の心の距離は相近づいていた。彼は仰向けの自分の顔に、彼女の顔を引き寄せた。彼は彼女の両膝の間に頭を仰向けに置いた儘で両腕を伸ばして彼女の頸を抱き抱え様《ざま》に、容赦無く下方に向かって力を籠《こ》めたのだ。

彼の顔前に、それまでの天井に代って、彼女の下顎《したあご》の両側に張った優しく相手の心を無駄にする事を知らない、既に火照《ほて》り気味の面《おもて》が、当然の行為を求めて迫った。二人が交したのは、熱烈な口付けであった。彼女は、年上らしく、上手に彼を導き、彼は導かれた。両者に至福の時が流れた。その時、階下に、再び女性の声がした。彼女の妹、継世の声だ。

我に返った陵は妹の声に、いつしか優和をそっと離して、階下に降りて行った。優和の耳に甲高い妹の声が、階下から飛び込んだ。彼はその声が両耳を貫通するような気がした。姉妹が言い争っている。でも妹の声だけが、二階に届く。姉は、あくまでも冷静のようだ。優和は、甲高い声の主の怒る心が解った。取りも直さず、心の男《ひと》を姉に奪われたのだ。無理からぬ事実だ。でも、妹が優和との結婚を夢見たのは、間違いなく彼女の独り相撲だった。

優和は継世の怒りの声を聞くだに、彼女に済まないと思った。一緒にA岬に行ったり、自宅に泊めて観光案内などしたのが、いけなかったと、後悔三昧《ざんまい》の彼であった。やがて階下が鎮まり、陵が単独で二階に戻って来た。

優和は階段を昇る足音で、単独を感知できた。陵は、落ち着きの表情で、心配のために起き上がって正座していた彼を安心させるように言った。

「大丈夫よ、妹に話をしたから」

彼は、年長者の言葉を素直に受け入れて、質《ただ》さなかった。彼女の裁量に委《ゆだ》ねたのだ。仮に、既に彼女と結婚していたなら、日々の生活に於いて、大概の事がそうなるのではなかろうか。彼はそんな気がするのであった。

陵は、自然な形でそう言いながら部屋の灯りを消していた。その言葉と略《ほぼ》同時に。障子を通して朧月《おぼろづき》の淡くて鈍い光が、部屋にそれなりの明るさを保ち、二人は満点の雰囲気の中に在った。一線を越えても、おかしくも不思議でもない。だが、彼女は過剰《かじょう》に冷静だったし、彼は未経験だった。ともあれ、口付けだけに終わったのは、不思議の一言に尽きる。

あとになって優和の思った事だが、もし一線を踏み越えていたなら、どんな邪魔が遮《さえぎ》ろうとも、万難を排して彼女と結婚した筈だ。彼はそんな律儀さを持っているのだ。神様は何故二人を成らなくても構わぬ全くつまらない人格者に為《し》てしまったのだろう。

二人は朧月に照らされて、優和の従姉の家に向かっていた。宵の時は過ぎていた。二人は揃って足を止めた。少し長い口付けを交した。道に人影無く、二人には幸いであった。神様は好いところも持っているものだ。

以前継世は一度、優和の従姉の家を訪ねていた。陵は、後の優和の記憶では彼の従姉の家を訪ねなかった筈だ。たしか、従姉の家の前で、優和と陵は別れたのだ。

「明日の朝、見送りに駅に行くから」と、彼女は別れ際に言った。「暮らしに差し当たり要る物は持って行くから」

そうそう、彼女は卓袱台《ちゃぶだい》も持って行くと言った。

陵は、優和との結婚を極《き》めていたのだ。彼女は独り帰っていった。彼は後ろ姿を見送った。

「もう遅いから寝なさい」と、従姉が優和に言った。「私は見送らないから、あの方に見送ってもらったら。それが好いでしょ」

彼が従姉の家に落ち着き、淹《い》れてもらったコーヒーを飲んでいる時の事だった。従姉は、既に彼女の住まいで会った優和の相手の年上の女性に、悪い印象は無い様子だった。従姉は、何に付け穏やかで、憤《いきどお》りを露《あらわ》にするような性格の持ち主ではない。仏《ほとけ》と並び座ってもおかしくない女性だった。包容力に長《た》けていた。砕《くだ》けて言えば、おっとり屋だ。

それに、実に優しい。

「お腹、空いてない」

と、従姉は優和に心配り豊かに聞いた。

「大丈夫、空いていないよ」

と彼は、温か味を感じながら応えていた。

彼は、自分の歩みつつある現実を噛《か》み締《し》める内、眠りに落ちていった。従姉の延《の》べてくれた床《とこ》は、柔らかく、彼を夢の世界へ導くのであった。翌朝の事で彼の眠りは浅かった。

従姉の家族は、彼が従姉の家に着いた時には、皆《みんな》、夜の眠りの中にあった。

七、終生の妻、和美とのお見合い

優和の乗る列車は、早朝にK駅を発車するにも拘らず、陵は、彼より早く駅で待っていた。タクシーで駆け付けたのではなかろうか。結婚を極《き》めた、約束をしたフィアンセの見送りにして当然な年上の女性の偽らざる意《おも》い、優和もそれを質《ただ》しはしなかった。それで好い。

二人は列車の内外に別れた。一寸許《ちょっとばか》り寒かったが、彼は他の乗客には悪いと思いつつ列車の窓を開けた。彼は仕合せ一杯だった。彼女も同じであった。二人は、優和が暮らすO市での同じ屋根の下の暮らしを、夫々《それぞれ》に考え、共に胸を熱くしている。早朝の春の冷気の中で、恋と言う愛と愛とが行き交《か》った。

「できるだけ早く連絡するから」

「待っているから」

「躰に気を付けてね」

「貴方もね」

汽笛が鳴り、列車が、ゆっくりと動き出した。車中の彼は、窓から身を乗り出した。彼女は、列車の進行に合わせてホームを歩き、手を振った。下顎《したあご》左右豊かな彼女の顔は、期待と侘しさに染まっていた。これを列車で受ける彼も、彼女に同じだった。彼の、下顎左右も豊かだ。似た者夫婦に、二人は屹度《きっと》なる。

ホームの彼女の姿が小さく遠ざかって、彼は漸《ようや》く車窓を閉めて、座席に落ち着いた。彼の頭を、新しい二人の生活の有り様が、ぐるぐる、ぐるぐると、駆け巡るのであった。妻になる女性は四歳年上、彼の胸は、ときめき続け、夢見る新生活に向かって、列車が走っているような気がした。

優和がO市の自宅に帰ると、父は何も言わなかったが、母が、もうこれ以上は無いと言わんばかりに機嫌を損ねて彼を待っていた。彼女の勝ち気な性格が、彼女なりの憤慨で、優和を目の前にしてどんどん我が心を焚き付けて止まぬ。

母は、何だかんだと罵《のの》り捲《まく》り、年上の女性という事を勿怪《もっけ》の幸《さいわ》いに、優和の結婚の意志を打ち砕き、その意思を諦めさせようと、あの手この手の躍起の体《てい》、もうこの上無しで、家に夜の静寂いずこの状態がかなりの時間続いた。

列車の旅での疲れもあって、優和は、憤懣《ふんまん》やる方ない興奮《こうふん》の体《てい》の母を残し、孤立的な三畳の間に寝床を設《しつら》えて、ある事を考えつついつしか眠りに沈んでいった。

ある事とは、結婚を逃し諦めた二軒隣の佳深と、結婚しようとしている陵のことだった。いずれも、もの優しく控え目で、下顎《したあご》が差こそあれ左右に張っているのも共通している。違うのは、四歳年下と四歳年上であるというだけだ。結婚を極《き》めた年上の陵は、洋裁の仕立てで既に自活している。彼は、漸く得んとする陵との結婚に心を馳せ、胸熱くして寝入った。

母は、自分の夫も年下なのに、何故優和が年上の女性と結婚しようとしている事に拘り続けるのか。優和は、全くの勝手な考えだとの意を強くして、それは矛盾だと母を責め、且つ攻める意《おも》いを募らせる許りであった。

年上の女性との結婚を否定する声は、優和の周りに群起した。あの、おっとりした従姉まで反対はしなかったものの、多少は乗り気ではない様子だった。乗り気ではない様子だった。色々と優和に好くしてくれるA市に住む伯母夫婦も、年上反対であった。そして、そんな状態で幾日かが過ぎて行ったある日、伯母夫婦が優和の家に、素晴らしい物を持って来たような顔をして、意気揚々とやって来た。自然豊かな牧歌的地方なら時鳥《ほととぎす》の声も聞こえようか、との頃だった。

「優和の結婚の事なんやけど、好《え》え娘《こ》がおってなあ」

伯母は斯《こ》う言って、まず、傍の伯父の顔を見やり、座の他者を見回した。伯父とは彼女の夫だ。座の他者とは、優和の両親と優和である。

「そうや、いっぺん会《お》うてみたらどうや」

と、伯父が伯母に同調する。両人が斯様に盛り上げた雰囲気が、あっと言う間に優和の両親、特に母の心を掴み取っていた。優和の母には、都合良ければ、直ぐに乗り気に傾く単純極まるところがあった。

「優和より二つ年下の筈やで」

との伯母の言葉が、母の心を捉えたようだ。優和の父は、余り口出ししない。多分心臓弁膜症だったからか……。病気持ちの父は、母に逆らわない。歴史や寺社に詳しく、知的で落ち着きのある人だった。父は以前、奈良か京都で、東北はたしか青森県弘前市の女学生をガイドしたらしい。そしてそれは、引率の先生に依頼されての事だった。当の女学生は修学旅行中であった。そう言えば、後に依頼の先生から、お礼の挨拶状と品物が届いたとは、父の弁であった。

家にはそれなりの数多の父の書籍が在ると、想う優和であった。父は文系の人物だった。片や優和は大学の工学部金属工学科にて学び、小企業ながら、溶融アルミニウム鍍金を生業《なりわい》とする会社に、就職したのである。

優和は、暑い夏のある日曜日に、或る駅前のこぢんまりとした料亭で、件《くだん》の女性と見合いをしたのだが、彼女は余り多くを語らず、優和の話し掛けに応《こた》えるに止まった。彼は、彼女を好《い》い娘《こ》で、良《い》い女性だと思った。彼女は既に退職はしていたが、会社勤めの経験があった。彼の会社の得意先である。

優和はその見合いの後、陵と佳深の事を考えた。佳深は諦めて済むが、陵はそうはいかぬ。結婚を約束、誓い合っていて、彼女は彼の連絡を待っているのだから。

なのに、新たな女性と見合いをした。もし断られずに話がとんとん拍子に前に進んだらどうなる、と、これも考えに加えざるを得なかった。彼は、男らしく、周りの反対を押し切って、年長女性との結婚に踏み切るべきだった。彼は育ての両親を捨てる惨酷《ざんこく》さに欠け、且つ新しい結婚生活に経済的な面での自信が持ちづらかったのだ。一言で言えば、男としての勇気が無かったのである。

優和は、ずるずると、見合いの話の延長線上を歩み続ける事になってしまったのだった。結果、付き合っていた年上の女性は、大人しい性格が災いしてか、いつまでも優和に返事の催促をして来なかったし、それを勿怪《もっけ》の幸い的に見合い女性と、交際を経て結婚したのだった。

改めて、優和が結婚しようと考えた女性として、一番目は年下、二番目は年上、そして三番目は見合い、という三人で、実際に結婚したのが三番目、その女性が、和美である。客観的には、世の成り行きの為せる仕業に外ならない。否、男らしくない優和故の結論とも言える。

でも、兎も角も、優和は三番目の和美との、足掛け六十四年の歳月を、互いに伴侶として同じ屋根の下で、紆余曲折を重ねつつ、和美が逝くまで遣り通した。

見合いの後で、四番目の女性との出会いもあるのではとも頭によぎったのも事実だ。

優和の判断で話は幻に帰した。つまりは、その話は従姉からで、好条件だったが為に、彼の母が何としてでも、そちらに存分に心を傾けたものの、優和自身が話を断ち切った。

その時、彼は和美との結婚を心に決めて、伯母にそれを押し進めるべく頼んだのだ。伯母にしてみれば、自分からの持ち出した話だし、任せて置けと片肌を脱いでくれた。一方で母は従姉の話にぞっこんだったので、優和のこの結婚成立の為に、伯母が先に亡くなるまで、両人の行き来が完全に跡絶《とだ》えてしまった。そして、母は伯母の葬儀にも顔を出さず終いに帰した。

優和にしてみれば、二歳年下の三番目の和美との結婚を没にしては彼女が可哀相だし、また四番目の女性の話にぞっこんの母の気持ちを軽視し、いい加減にしろとの意《おも》いもあったのだった。母の意いは幻に帰した。母は伯母の葬儀にも顔を出さずで、穏やかな従姉は、自分の話の不成立など全く気にせず、唯、不思議がって、

「伯母さんは、どうしてあんなのかしら」

と、優和に語った。この場合の伯母は、従姉から見て、つまりは優和の母の事である。従姉の母は優和の母の妹だ。

優和と和美の結婚式は、伯母伯父の肝煎りで、優和の家で行われた。優和の父は体調不良が理由で出席せず、親戚の外は優和の職場の長の出席に止まった。質素な結婚式をもって、優和と和美は、夫と妻になった。それが、なのに、終わり良ければすべて良し、二人の結婚生活は和美が逝くまでの足掛け六十四年の長きに至ったのであった。山を越え谷を渡り、はたまた波涛を乗り越え、風雨に耐えて優和は和美を愛したのだった。彼は和美が逝って、自分の心にそれを教えられ悟った。

六十四年を考えての始めの頃に、思えば優和に原因する両事があった。どちらも、彼との結婚を心した二人の女性を不幸にしたのだ。優和にとって、これも忘れざる事実であった。

優和が和美と結婚して、両親と一緒に暮らしていた時の事だ。結婚は十一月、そして結婚後の最初の正月、多分元日だったか。新妻の和美と、優和が当初に結婚を心に極《き》めようとした四歳年下の佳深が、玄関で鉢合せしたのだ。二人は、自然な形で知らぬ者同士の挨拶を交した。和美は、相手がどのような女性かは全く知らない。当然だ。しかし和美が挨拶の言葉を交した相手は、和美が優和の妻だと心得ていただけに、その心に瞬時にどんな意識が宿った事か。推《お》して知るべしである。

彼女は、春着の着付けを優和の母にしてもらうべく来宅したのだった。鉢合せはどちらにとっても意外の事であった。優和の母は、二戸一《にこいち》ながらに二階建てで家が広く部屋数が多かったので間貸しをしていた。その傍ら和服仕立てを為《し》ていて、着付けは御手のものだった。間貸しも仕立ても、親子三人が生きる為だった。病気持ちで弱体の夫と独身時代の息子の優和と自分の生活を支える為の、母の手段であって彼女のその生業《なりわい》は未だ続いていた。

それでも、優和を大学に行かせたのだ。優和の母は、生活力があり気位も高い女性だった。優和は、母が短歌を通じて父と知り合ったと、風の便りに知った。だが、彼にはそんな母に風流さが見当たらぬ。多分、一家の暮らしの為に年を重ねて別人に落下して行くのだと、彼は想ったものだ。時が遷《うつ》れば人変わるだ。

佳深は、零《こぼ》れ落ちる大粒の涙を暫し拭きやらず、母に着付けをしてもらったそうだ。そして、それは彼女が帰ってからの母の言葉に拠って、優和の知るところとなった。母のこの言葉に、彼は彼女が不憫でならなかった。

彼は、当時の事、つまり自ら事の次第を確かめずに、「お前は嫌われたんだ」という母の言葉を疑いも無く信用した己を、責めた。

後悔先に立たず。彼はこの言葉を、強く深く噛み締め心に刻んでいた。そして、何も知らない妻の和美が、一層愛おしかった。

優和と和美は、そんな事があって暫く経ってからの一月終わりか二月の始め頃だったかに、A市の伯母の計らいで、伯母の夫、つまり伯父が懇意にしている人の二階に引っ越した。二階には二つの部屋があってアパート式なので住みやすかった。伯母と伯父の家から、徒歩二十分弱の所だった。移った理由は、優和の母の嫁いびりだった。母は和美の実家を貶《けな》すばかりか、

「ほんとなら、あんたは、うちの嫁ではなかったんじゃ、もう仕方ないじゃ」

とも、面と向かって和美に言い、優和にも、和美と彼女の実家を罵る言葉を浴びせた。こんな母の悪態が日々続けば、誰にしても、居た堪《たま》れない。ましてや和美の場合、想像するだにそれは明白だ。二人の新婚生活を案じて遠路厭《いと》わずやって来た従姉が、

「伯母さんは、何であんな事ばっかり言われるのかなあ。あんな事、口にしなくてもい

いのに」

と、開口一番に言った。それは優和と和美への優しい慰めだった。そして従姉は改めて和美に言い和美は応えた。

「和美さん、辛いだろうけど、お願い、頑張ってね。伯母さんも、いや、あなたのお義母《かあ》さんも今にあんな事は言わなくなるだろうし」

「はい分かりました」

優和は、和美に、済まないと思った。従姉は和美と一緒に近くの銭湯に出掛けた。だが優和の母は行かなかった。

正直言って、二人は引っ越して、やれやれだった。二人だけの新婚生活だった。伯母と伯父の家と和美の実家は、目と鼻であったし、これも和美にとっては嬉しかった。

二人は、程なく、少し離れた長屋の一軒に再び引っ越したが、これは引っ越しに値しないかも知れない。台所、玄関、居間の三部屋の家だった。優和の勤務先まで、徒歩とバス乗車三十分少々の距離だった。

この頃のある日の事、勤務先の昼の休憩の時、優和に電話が掛かってきた。電話が鳴って受話器を彼が直接手にしたのは幸いであった。でも、その電話でのやり取りはさに非ずだった。彼は、聞き覚えのある声を耳にして、正直、はっとした。紛れもなく、あのK駅で、連絡をするからと約束して別れた陵からの電話だった。

彼は別れた時の事を思い出した。動き出した列車の窓から身を乗り出して手を振った自分、それに応えてホームを列車の動きに遅れながらに歩きつつ手を振った彼女。そして以後、何の連絡も為《し》なかった自分。なのに、彼は彼女への謝罪の言葉はいずこ、突然の彼女の言葉に、暫し無言だった。

「元気、私よ、分かる」

覚えのある声は、彼の耳に痛い。そして懐かしく、優しかった。

「元気です。久し振り、お目に掛かって……」

彼は、お声を聴いてを、お目に掛かってと、吃驚《びっくり》間違いした。無理もない。

彼の言葉は、心に逆らって在り来りになっていた。そして言葉を続けた。

「久し振りだから、お話しを」と……。

彼は何を話すつもりか。彼は、既に和美と結婚しているのだ。もし会っても、恐らく和美との結婚に至った経緯《いきさつ》を、謝りながら語るしか無い。彼は、彼女の声に、彼女との結婚を実行できなかった己の意気地の無さを、この時は返す返す悔いるのであった。

「卓袱台も、持って行くから」、O駅での彼女の言葉が痛烈に彼の頭を直撃していた。和美もすっかり堂に入った新妻に成っていたが、電話の声今に、その声の主さえ、懐かしく忘れ難い。

電話の彼女は極めて言葉少なく語り、終わりのそれになっていた。彼の心に、何とも言えぬ蟠《わだかま》りが渦巻いた。和美と彼女が代り番こに、頭に浮かぶのだ。初めに結婚を夢見た年下の娘《こ》は、現れなかった。彼は、罪な男だ。

「会わない、その方がいいでしょ」。そして、最後の言葉になった。

「私、今船に乗るところ。お仕合せに」

彼は思った。

(きっと、彼女は、O市から、更に隣のA市へ転居した私の事を、私と和美の事を、調べたのだろう。もし私と結婚していたら一緒に暮らし住む筈だったO市を、知っておきたかったのだ)

彼は、帰路にある、船中の彼女を想った。（きっと泪をハンケチで拭っている……）

彼は、何も知らぬ和美が不憫でもあり、これまでの女性たちとの関わりと合わせて身勝手だけど、心の中のパンドラの箱に収めようと思った。できる彼だろうか。彼は、和美を除く女性たちに無を与えた。

八、和美と姑との関係の変化

病弱の優和の父は、穏やかな人なのだ。優和と和美がA市に引っ越してから授かった、未だ幼い長女を連れてO市の家に行くと、血は繋がっていない孫であっても、可愛がってくれた。体力的には、決して楽ではない筈なのに、初孫を背に負って家の前の道を散歩した。そんな父が好ましくない容態になり、優和と和美は、長女を和美の実家に預けて、暫時《ざんじ》ながらO市の家に留まり、和美は父の介助や姑の手伝いをした。

この間、優和はO市の家を生活の拠点に、多少時間を費やしてでも電車通勤した。父の容態は良い時もあったし、その時は優和と和美はA市の自宅に戻った。しかし、何度かこんな事を繰り返している内に、父の容態は元に戻らなくなり、長女は和美の実家に預けた儘に、優和と和美の二人だけでO市の家に行った。父の病状は最悪で、見兼ねるほど、呼吸困難を極《きわ》めていた。

「和ちゃん、苦しいで」

「お義父さん、大丈夫」

父と妻の和美が、言葉のやり取りをする。

優和も勤務先に事情を話して休みを取り、父の側にできるだけいるようにした。父は、時に小康を取り戻した。しかし、やがて父は小康に無縁になった挙げ句に、苦し紛れに櫓炬燵から出て横になるようになった。そんな時、優和は正座して父を抱えた。和美が心配気に傍らに座っていた。母はと言えば、父の下《しも》の世話をこなしていた。父は母の夫である。そして、父は、呼吸困難の苦痛から解き放たれた。息を引き取ったのだ。

「竟《おわ》った」

優和は、誰に言うでもなく呟き、抱きかかえていた父を畳の上にそっと置いた。春には未だ遠く、ブルーファイヤーの石油ストーブが、何事も無かったかのように部屋を暖かく保っていた。父愛用のストーブだ。覚悟を極《き》めていたのか、母は思いのほか冷静だった。和美は、どんな言葉で姑を慰めて好いか分からなかった。

葬儀に駆け付けた従姉が、和美に言った。

「和美さん、伯母さんもよろしくね。面倒を見てくれるのは、あんたたちだけだから、伯母さん、他に誰もいないのよ」

言い終わった従姉は、優和に視線を移して、縦に首を軽く振っていた。優和は、黙って頷いた。そして、妻は必ずややってくれると信じた。

葬儀も無事終わり、優和と和美はA市の自宅に帰った。幾日かが経過した。その年は、例年とは異なり、少し早目に春めいていた。日曜日の事、三人の夕食が終わって、長女が眠り入る。春浅い宵で、時間が停止したような長屋住まいの居間に、黙りこくった二人が無意の一時《ひととき》に過ぎかけた時、和美が口を開いた。

「お義母さんだけになったし、私らO市の家に帰らないといけないわ」

優和は、こんな妻の和美の心が嬉しくて仕方なかった。そして、想った。

(母と、折り合えるのかな。何だかんだと姑の嫁いびりにならなければ好いけど)と。

そして重ねて想うのであった。(兎に角、やってみないと分からない)

間もなく、二人は和美の意の通りに、彼女の実家から連れ帰っていた長女を伴って、O市の家に戻った。四年振りの事だ。母は、それに拠って、独り暮らしを免れた。それから四人の生活が始まった。四年前に優和と和美が、A市に移った要因の、母の姑の嫁いびりも殆ど無くなった。

何も知る筈も無い長女の存在も、少なからず母の気持ちを柔軟にしたようだ。神の業《わざ》にも増して、世の詞《ことば》、成るように成ったと言う事か。いずれにしろ、四人の生活が、まずは平穏的に始まったのは、良かった。和美の行動も、捨てた物ではなかった。彼女は、優和が会社勤務で家を空けている時は、極力姑と一緒に過ごすようにした。思うに、二人の仲を良くしたのは、姑に付いて和裁を習った和美故にあった。

こんな嫁に可愛さを感じない姑などいる筈がない。得意の事を教えて悪い気などしない。近くに住むある姉妹が和裁仕立てをしている優和の母に、其れを習いに来るようになった。そして、その頃には和美の腕もかなり上達していて、言うなれば、少し位の事だったら、人に教えられる程になっていた。習いに来る姉妹には、和美はいわゆる若先生だ。教えている嫁を見て、姑は大変、嬉しく、事ある度に、嫁を、和美さんでなく和ちゃん、と呼ぶようになっていた。

二人は、食材を買うのも一緒に行った。

「いつもご一緒で、好いですねえ」

こんな風に、時折声を掛けられる二人であった。偶《たま》に勤めから帰って来た優和に、母が和美の愚痴を零しはしたが、大した事に発展するなど無かった。

四人が一緒に暮らしてからの、いつの大晦日だったたか、仲良く年越蕎麦を食べた。姑は嫁の和美に、母は優和に、かつての如く、彼女の実家を、嫁の実家を、罵るなど無くなっていた。姑、母は変わった。

四人の暮らし平穏に納まる中、和美が二人目を懐妊した。そして、A市の彼女の実家近くの産婦人科医院にて出産、長男の誕生である。程なく和美は、問題なく元気な長男を伴い、迎えに行った優和と一緒にO市の家に帰って来た。

「ここ、あんたのお家《うち》よ」

長男を寝かしながらの妻の和美の言葉に、優和は、嬉しさを心していた。

長男が加わり、五人の暮らしとなった。優和の母、つまり和美の姑は、幼い家族を底抜けに可愛がった。その孫が幼稚園に入園する頃になると、朝に優和や和美や長女が寝ていた部屋から抜け出し、奥の部屋で寝ている祖母の床に潜り込み、時に粗相して敷布団を濡らした。

「構わんで、ほっといたら乾くで」

と、彼女は決して怒らない。最初の孫もそうだが、殊更に二人目の孫を目に入れても痛くない如くに可愛がった。二人の孫は、母と優和夫婦を繋いだ。孫は能《よ》き鎹《かすがい》である。世の中は良くできている。

そんなある時、あの穏やかな従姉が、久々に訪ねて来て、円満に暮らしているその様子に安堵して、和美に言った。

「和美さん、これからも伯母さんをよろしく頼みます」

と。そして、母と和美の和やかな会話に、目を細めた。でも、その母だが、一つ、優和と和美の結婚に端を発した、母の姉、つまり優和の伯母への不仲の心止まずで、従姉が体調を崩していた伯母の見舞いに誘ったが、行かず、従姉と優和の二人だけで行った。伯父が逝って孤独な伯母は、今で言う認知症になっていた。事穏やかにと、和美は行かなかった。行けば、必ず、彼女と姑の間が、元の木阿弥の不仲になるのは間違いない。従姉、優和、和美、三人皆、それが分かっていた。

間もなくして、その伯母も逝った。伯母の葬儀には、優和が一人で出掛けた。遠路の従姉は、所用もあって来られず、和美は、姑との仲を考え、行くのを控えた。優和は葬儀に行く道すがら、二日前の事を思い出していた。勤め先から伯母の家に直行して、伯母の遺体の側で一夜を明かした事を。

夏だったので蚊に悩まされた。蚊は遺体には寄り付かない。生きている優和を攻め捲《まく》った。彼は加えて怖くはなかった。蚊には閉口したが……。自分たちの結婚に尽くしてくれた伯母である。あの、和美の実家の隣家の小母さんが後日言ったように、和美は自分を好いて結婚したのだし、優和は、感謝して亡き伯母を見送った。暑い夏の日であった。飲食店を閉じて新しく建てて移った伯母の家の周りは、未だ田圃が広がっており、稲が青々としていた。枯れ消えた伯母とは、対照的に……。

優和夫婦と長女と長男、優和の母としての姑、つまり五人の暮らしは平穏であった。そして、事ある毎に、母は和美を、換言すれば姑が嫁を次第に頼るようになって行った。

優和が転職で非破壊検査会社に移り、実家からは遠隔の地に半年間単身赴任した時にも、和美は、姑と二人の子供の面倒を見ながら家庭を守った。また、それ以前に優和が痔瘻の手術治療で二ヶ月近く入院した時も、しっかり家の事をこなした。更に優和の単身赴任中に、ホームステイのアメリカの女子高校生の受け入れもした。

後年成長した長女に長男、それに優和も、ホームステイを受け入れた女子高校生が結婚して、彼女の暮らすコロラド州の家を訪ねた。思い返せば、長女が中学校三年生の時、つまりアメリカの女子高校生のホームステイを受け入れた翌年に、ロサンゼルスの彼女の家にホームステイした。和美は、何かに付けて大変だった。能《よ》くやる和美で在《あ》り続けた。

そんなこんなで、O市の家での五人暮らしが流れて行く内、優和の母、つまり和美の姑が呆け始めた。認知症である。そして、時を構わず嫁の和美の姿を追うようになって行った。優和は、かつての強気な姿の母を知っているだけに、その様子が哀れであった。認知症は進行しているようであった。母はどんな紙でも破って重ね、和美を見ると、それを手渡して言うのであった。

「和ちゃん、これ、あんたにあげる。誰にも黙っとくんやで」

彼女は、破って重ねた紙を紙幣のつもりで和美に手渡すのだった。呆けているにしろ、和美を嫁と心得ている証だ。

「はい、有り難う。誰にも言いませんよ」

と、彼女が優しく応えの返辞を返した。ある時横で一部始終を見ていた優和は、嬉しかった。時が解決と言うものだ。終わり良ければすべて良しである。優和は和美に陰で手を合わせた。

（よくやってくれた。よくやってくれる。これからもよろしく）

と。彼の、妻への感謝の心であった。

いつしか和美の姑は、優和の母は、すっかり寝込んでしまい、やがて終日鼾をかいて眠り続ける躰になった。下の世話は嫁の和美の役目であった。優和には勤めがある。

この頃の優和は、大学在学中に席を置いた金属工学科冶金教室の先生の口利きで、転職して鉛精錬会社に勤めていた。当時、残業もあって忙しかった。家に帰っても、夕食間も無しに床に就かざるを得ない。和美は、まるで実母の如く意識を欠く姑の面倒を見た。優和は、妻に頭が下がった。従姉も、伯母を見舞って和美を誉めた。従姉の伯母とは、和美の姑なのだ。

これは、そうなる前の事だが、優和は、妻の和美と母が関係穏やかになってからは、母に留守番を頼んで、親子四人で出掛ける事もできたし、母を連れて従姉を訪ねたりもした。従姉は必ず、和美と母がうまくいっているかどうかを優和に聞き、優和が母の様子の次第を話すと、事の良さに安心、喜んだ。姑が、母が、認知症の傾向に無縁の時の事である。

従姉は伯母を見舞って、和美に言った。

「和美さん、よく我慢してくれたわね。気の強い伯母さんだったのに。もう、そんなに長くはないだろうけど、頼むわね」

「はい分かっています」

と、和美、従姉は彼女を優しく瞠目した。

優和も、妻に頼み、頭を下げていた。

「お願いするよ」

だが、鼾をかいて眠るだけになって、日増しに躰の衰えが目立っていた母も逝った。

こうして優和たち家族四人になった。

長女、長男は、それぞれに進学し、各自の道に進んだ。優和家族は、O市からH県のK市に移った。経済的理由だった。そして、それから間もなく、これも経済的理由でM県N市に、また引っ越した。その頃、既に結婚していた長女も、同じ頃に優和と和美の家の近くに転居して来た。また長男は独立して家を出て就職し、東京近くの県に暮らしていた。

N市に移って何年かして、優和と和美は、和美の妹夫婦の家から、和美の実母を引き取って二年ばかり面倒を見た。優和にしてみれば、和美が自分の母と一緒に暮らしてくれた事への恩返しだ。優和はH県K市の時代に六十歳定年退職していたし、和美の母の面倒見に問題は無かった。その和美の母も逝って、文字通り再び優和夫婦だけの暮らしになった。

九、懐かしき台湾旅行の思い出

夫婦だけの暮らしになった二人は、優和の運転する車で、その頃は関東住まいの長男の家庭を訪ねたり、優和が小学校二年生まで過ごしたO県K町に行ったり、戦時中に優和が疎開したO県U町に行ったりした。また、戦後に和美が台湾からの引き揚げ後に暮らしたM県S市やK府A市も訪ねた。また二人でバスツアーも楽しんだし、泊まりがけのツアーにも出掛けた。

特に想い出深いのは、台湾旅行だった。

既に成長し就職、結婚もした長男家族に誘われて一緒に出掛けたその台湾旅行では、和美が最後に暮らした新竹《シンツー》を訪ねた。そこには、彼女が事前に語っていた通りの昔の儘の佇まいも残っていた。その後、新竹で別れた長男の夫婦と男の子は、優和夫婦とは別に九份《チョウフェン》観光へと別行動を取った。新竹に残った優和と和美は、和美が語ったポイントを歩いた。

詳しくは東門市場《トンメンシチャン》に足を運んだし、迎曦門《イツイーメン》を潜った。護城河《チンチェンヘー》に遊んだし、その流れの両岸は、とても低い堤が向かい合う川幅の広くない、どちらかと言えば箱庭の川の感じがした。魚も泳いでいた。優和はその群れの中に自分達夫婦も泳いでいるような気がした。

長男の家族は、護城河《チンチェンヘー》遊びの後に九份《チョウフェン》に行った。三泊の台北《タイペイ》泊まり、目一杯に観光を楽しんだ。屋台の夕食も新鮮だった。名所旧跡も訪れた。極め付きは和美が、第二次世界大戦と言うのか、あの太平洋戦争末期に通学していた小学校を探し当てた事だった。建物は勿論新しい物にして、たしか道を画する塀の中程から下は旧態変らずだったようだとは、優和の想いだ。

優和には初めて見る小学校である。優和は、真無遠慮《まこと》に校門を抜けて、守衛の為の建物らしきに入り、残る皆が後に続いた。長男家族にとっては九份を訪ねる前であった。そこには、年齢の未だ行かぬ若い男性の先生がいた。優和は、新竹を訪ねた際に、和美が通学した小学校にいて、日本にいるような心になった。そして、気が付くと、三、四年生か、四、五年生と思しい児童の何人かが先生の側に集まっていた。

先生が、集まっている皆《みんな》に、にこにこしながら和美を紹介してくれた。

「这位《チェイウェイ》是《シイ》你們《ニイメン》的《ダ》先輩《シャンベイ》（此の方はあんたたちの先輩だよ）」

先生の、広げた掌で和美を指しながらの言葉を聞いて、児童の皆《みんな》が、和美に頭を下げていた。優和は、嬉しくなって、心を小躍りさせた。当然だ。優和は、台湾にやって来た甲斐があったと痛感し、同時に旅費を負担して自分たちを台湾に連れて来てくれた長男夫婦に感謝した。

「請關照《チャングワンシュアオ》（よろしく）」

と、皆《みんな》が言ったかどうか。優和は、分からなかった。でも、先生の和美の紹介で充分であり、不足など皆無であった。校門の出入りは自由であったと、優和は記憶している。真に大様《おおよう》だ、と感じた。

校舎の壁には『新竹市立新竹小學《シリーシンチューシャオシュエ》』と学校名が書かれてあった。はっきりとした太い字であったが、優和は字の色を覚えていない。カーキ色の壁に白い色の太い字が横に並んでいたようにも記憶する。台湾では小学校ではなく、『小學』と言うようだ。優和は「校」を欠くのが不思議だった。

新竹小學をあとにして歩いていると、向こうから対向して優和と同年輩らしい女性が歩いて来た。彼は、彼女の年恰好をそう見た。

「你好《ニイハオ》、我們是日本人《ウオメンシイリイベンレン》。我們从日本来了《ウオメンツオンリイベンライラ》。剛歳去了《ガンツアイチイラ》新竹小學（こんにちは。私たちは日本人です。私たちは日本から来ました。そして先程、新竹小学校に行って来ました）」と、彼は不慣れで下手な中国語で、彼女に声を掛けた。すると彼女は、実に素晴らしく流暢な且つ綺麗な日本語を、事もなげに彼に返して来た。戦前に日本語で日本の教育を受けた女性だった。あとは日本語での二人のやり取りになり、優和の長男も話に加わった。和美も、話の輪に一寸加わり、新竹國民學校で学んだ先生の名を彼女に告げた。

当時は戦時中で、小学（學）校を國民學校と言った。彼女、つまりその女性は、名を『陳美燕《チエンメイイエン》』と名乗り、和美が教わった先生の現況を調べて、手紙で知らせる約束をしてくれた。優和は、重なる幸運が嬉しかった。台湾の人はとても親切だ。高齢者に日本と日本人に好感を持つ好日家が多いそうだ。

優和は、間もなく彼女からの手紙が届き、和美のかつての先生は台北の病院に入院中で、仮に面会できても話などできない状態である事が判った。陳《チエン》さんは、日本女性以上に日本女性的台湾女性で、生け花に親しんでいて、日本を訪ねもしていた。手紙は、日本語で綴られていた。綺麗な字であった。

その頃、優和と和美は、M県N市の在住で、だから和美が昭和二十一年に台湾から引き揚げて直ぐ通学したK小学校（M県S市）を夫婦で訪ねられたのだ。それは二人の家で和美の実母が逝った後の事で、勿論、台湾行きも、そうだった。

優和は、和美と二人だけの暮らしになってからは、和美への恩返しを忘れなかった。

十、四年に亘る和美の介護と看取り

優和が、全く歩けなくなった和美の、本格的介護に明け暮れたのは、三年以上、四年になろうか。看護師、ヘルパーの訪問介護があったとはいえ、彼の日々は大変であった。和美の食事作り、下の世話、洗濯、途中からのデイサービスへの送り出しと出迎え、加えて、自分自身の生活と通院（優和は蜂窩織炎を、自分の不注意から右脚左脚の順に患った）等々、鍛えられた体力と経験が、その全てを可能にした。現役時代の時々の力仕事、長距離走に親しんだ事、シルバー人材センターからの派遣ではあったが、老人病院で寝た切り患者の入浴介護介助の仕事を手伝った事などが、少なからず役立ったのであった。

和美を最初は毎日のように、次いで月に一度車の助手席に乗せて、病院に連れて行った。足の立たない、歩けない彼女を、車の助手席に乗せるのは大事《おおごと》だ。車から降ろすのも亦《また》然りだ。車椅子の和美故の事であった。同じような作業を、家を出る時と病院を後にする時の二度こなさなければならない優和だった。更には家を出る時には寝台から車椅子へ、帰ると車椅子から寝台への作業もあった。

「美味しいか」

と、優和は和美に食事を食べさせながら問い掛ける。そして、莞爾《にっこり》と微笑《ほほえ》む彼女の肩を優《やさ》しく叩くのであった。彼女は、大概完食して彼を喜ばせた。優和は、思った。

(私たちは、夫婦として六十年を越えて共に暮らし、今、その極点にあるんだ)

と。それは、早朝、深夜も関係無しに。

(どんな事があろうと、妻を施設には入れない。私が面倒を……)

と。優和は、デイサービスで過ごしている妻の様子を見に行った。毎日ではないが、度々行った。いつも彼女は、穏やかだった。一足先に帰宅した彼は、送迎車で帰って来る彼女を、訪問のヘルパーの女性と共に待った。

優和が用意した食事を、ヘルパーの女性が和美に食べさせてくれる。彼は、細かく食べさせ方に拘り、ヘルパーの女性にそれを要望した。朝の訪問看護師の女性が食べさせてくれる時も、彼は同じだった。勿論、和美に食べさせる食事は、優和が工夫を凝らして作った、栄養を考えての食事で、和美が完食すれば、彼は安心した。

「おかあさんとは、六十四年も一緒に暮らして来たんだよ」

これは、事ある度に優和が和美に言う一言で、聞く度に莞爾《にっこり》する彼女だ。認知症なのに、解ってくれる彼女を愛おしく意《おも》う彼であった。介護は決して楽ではない。優和は、和美の食事を作っていて、疲れの為に眠ってしまったりもした。すると、和美の食事の間隔が長くなる。それでも彼女は、何も言わずに大人しく寝台で過ごしていた。眠りから目覚めてやっと作った食事を待ち兼ねたように食べる和美に、申し訳ないと思う優和は必ず、

「遅くなって御免よ。眠ってしまって悪かったなあ。お腹《なか》、空いているだろう」

と、謝るのであった。和美が美味しそうに食べるのを見るほどに、彼はまた、その妻が可愛く、愛おしくて仕方なかった。

優和は、和美を介護する身ながらにして蜂窩織炎での入院治療三度、その都度、彼は、ケアマネジャーの計らいで、和美を受け入れてくれている病院の施設（認知症病棟）に毎日のように電話して、彼女の様子を尋ねた。そして、元気でいる事を聞き知り、安心

した。そして（和美は、私の治療に協力してくれている）と、感謝の念に、心を奔《はし》らせるのであった。

「よく我慢してくれたなあ、済まなかったと思うよ。ここはお前の家《うち》だよ。変わってないなあ、元気そうだよ。よかった、よかった」

と、病院の施設から家に帰って来た和美に、優和が言った。同じ事が三度あった訳だ。いつもの事、先に退院した優和が車で和美を迎えに行った。但し、三度目は、施設が違って、その時ばかりは、施設入所一週間ほどなのに、和美は腰の辺りの肉が落ち、尾骶《びてい》骨《こつ》の辺りに褥瘡《じょくそう》ができていた。でも、優和の作った食事が効いて、腰の辺りの肉も付きかけ、尾骶骨の辺りの褥瘡も小さくなって来た。優和は、自分の手に成る食事の効用と、確信するのであった。その矢先に危機が二人を襲った。

残暑が攻める朝だった。優和は、七、八年に亘って和美の面倒を見て来た。その終わりの三年以上は、文字通りの寝た切り介護に明け暮れて来た。その間、複数回救急車のお世話になって、その度に事無きを得た。だが、その残暑の朝は違った。前日の宵に和美の夕食を作っていた最中に眠ってしまった優和が目覚めて漸く食事を調えて、一晩近く等閑《なおざり》にした和美の下の世話をと寝台に近づくと、防水シートまで濡れていた。

「御免よ」

と、声を掛け、彼は早速一連の作業を開始し、無事に終了した。だが彼は、あとでいつまでもきっとそうに違いないとの想いを頭から払拭し難い失敗をした。彼は、やってしまった、と意《おも》い続ける。

シーツ類を交換する時だが、シーツを引っ張ると、和美の躰が回転して俯《うつぶ》せになる。勿論、直ぐに仰向けにする。だがその朝、彼が所用の後、彼女の寝ている寝台に近づくと、彼女は俯せになっていた。所用とは、濡れた防水シートを洗って干す事である。それが終わって、彼女に朝食を摂《と》らせるつもりだった。何故、そんな所用はあとにして、食べさせる事を先行しなかったか。ちゃんと仰向けに戻したような気もする彼だった。彼は防水シートを交換した後、最愛の妻を忘れず仰向けにしてやったか、次を急いで俯せの儘に済ませたか。それとも彼女が自ら俯せになったのか。神のみぞ知る事であった。

所用なんかあとにして、食べさせるのを先にすべきと、心しつつ、彼は彼女を仰向けにして驚いた。息をしていない。

過去に気を失った時と顔の色が異なり、黄色味がかかって、死相を帯びていた。彼は彼女の脚に手をやり、温かさを感じて、未経験ながらに人工呼吸を始めた。

しかし鼓動は回復しなかった。止む無く人工呼吸の動作を瞬時に止めて、その置かれている所まで行って電話機の子機を取った。彼は救急車を呼んだ。人工呼吸もしながらの通話は、それこそ盆と正月が一緒に来たようだった。彼は、何とかこなし得た。電話が終わって、彼は精一杯に人工呼吸をした。

同呼吸の位置が心持ち下過ぎだったか。小柄な躰の和美であり、肋骨も華奢《きゃしゃ》だ。それで、優和は一所懸命和美にどんな人工呼吸をしたのか、華奢な肋骨に対応しなければならない。後の彼の記憶は朧気だ。肋骨は簡単には折れない筈だ。

行動も判断も、判断も行動も、唯独りだけの優和であった。救急隊の方々が部屋に入って来て、手際よく事が為され、和美は救急担当病院に運ばれた。優和は、救急車には同乗せず、自分の車で病院へ。救急車に同乗すると、帰りの足が無くなる。それに、何かあった時不便だ。彼はそんな緊急時に直面しながら、冷静を欠かなかった。病院に着いた優和は、先に着いた救急隊員の指示に従って、和美が救急治療を受けている救急治療室に入った。担当医の開口一番の一言が、優和の両耳を冷たく打った。

「これだけやっても反応が無いから、打ち切りますよ」

和美の躰から、救急治療の器具が機器の類いが、冷酷に外された。優和はがっくりした。

（ああ、終わった、何もかも終わった）

優和の頭は瞬間だったが、それまでの出来事が現れては消えて行く走馬灯に成り切っていた。その頭ながらに彼は医師に応えて言った。

「はい、解りました」

と。言葉少なの彼だった。一時間前後の救急治療で、心臓が再鼓動した例があるそうだ。彼の頭を、其れが過《よぎ》り駆け抜けた。

（私は、涙は、何があっても、決して流さないぞ、零《こぼ》さないぞ）

と、優和は神に誓った。そして思った。

（泣《な》きたければ、哭《な》きたければ、心で為《す》れば好い。涙より、二人の思い出に浸るんだ）

優和は、その誓いを今でも実行し続けている。

彼は、優和は、自分で自分を演出できる。

彼は、妻の葬儀の告別式の時、その柩の中に、見送りの人たちが花を手向けたあとで、食べさせてやれなかった食事を、そっと入れてやった。鎮《しず》かに眠る彼女の口に近い所に。そして、その食事は、彼女の生前に変わることなく、複数の器に品別に入れた。器は、柩の中に相応しく、紙コップだった。柩の中が濡れるからと、何もかも一緒に一つのビニール袋などに入れては、芸を欠くし、妻の彼女に申し訳ない、と、そんな彼の頭に、紙コップが浮かんだのだ。彼は、いそいで車を駆って家に帰り、全てを整えた。

彼は、優和は、何があっても、取り乱す男ではない。彼は、死に化粧を優しくほどこして、永久《とわ》の安らかな眠りに就《つ》いている妻に、これも優しく言った。声無き声に近く、

「ゆっくり食べてくれ、美味しいぞ」

その声は、周りの誰にも聞こえない。静かな、二人の世界の終わりであった。一方が死して、形ある二人の世界の終わりであった。人は皆柩に花を入れる時、死者の顔から胸の辺りに置く。優和は違った。腰から足先にかけて置く。黄泉に移り住んでも歩けるようにとの意《おも》いからだ。車椅子生活になってしまっていた和美故に、事尚更である。

形ある夫婦の、最終のパンドラの箱が閉じられた。蓋が締まっていきながらに。

十一、寡夫になって慕る想いが

優和は、和美の遺影と対話する。遺影の妻は年を取らず、彼は日々、一日一日と年を重ねていく。出掛ける時と、帰った時には、

「行って来ます」、「今、帰って来たよ」

と、絶やさぬ語り掛け。食事を供えては、

「美味しいよ」

と、必ず声を掛ける彼だ。

優和は、和美の戒名を考え、彼女の葬儀で世話になった住職にお目通しを願ってお墨付きを頂戴し、それを墓の霊標に刻み収めた。その戒名は、優和の両親に続いて三番目である。戒名は、死去の順に右から左へ順に並ぶ。

『仁美院《じんめいいん》安寧《あんねい》和道《わどう》大姉《だいし》』

和美の戒名である。優和と彼の長男の二人で墓参りをした。或る五月の晴れた日であ

った。

優和は、H県I町の寺の敷地内に在る墓までの往復の道を車運転した。往きも復《かえ》りも一部渋滞していて、約八時間の運転をMT車運転で通せた。彼は、自作の戒名で墓に眠る妻が、また愛おしかった。彼は妻の戒名の左に自分の戒名が並ぶ日は未だ考えていない。長生きして二人分生き続けなければならぬ彼だ。

「また来るよ」と、優和は墓石を撫でつつ亡き妻に言った。「寡夫暮らしにも慣れて来たよ。未だまだ、余生一杯に前向きにやりたい事に打ち込むんだ。あと何年生きるかは、分からないけど。待っていてくれよ」

近くの藪から、鳥の声が聞こえて来た。優和を励ますように。帰途、借りっ放しのマンションのこぢんまりした屋根裏の住まいに立ち寄ると言う長男は、その近くで下車した。長男の借りているマンションはO市A区に在る。長男はT駅近くで下車。優和はM県N市の自宅まで、運転万全に、無事に帰った。

「八十九歳、まだ元気だよ、今帰って来た」

優和は、遺影の妻、和美に、そう言った。

長男は、優和と離れて東京近郊の県に住んでいる。次の二人での墓参りがいつかは、未定だ。

優和は、和美の最期を思い出す。

「おい、どうした。しっかりして」と、彼は、和美の躰を揺するように動かして、言ったものだ。

「死んだら、駄目だぞ、私を置いて逝くんじゃないぞ」

彼は、そう言いながら慣れぬ人工呼吸に懸命であった。人工呼吸は、徒労に終わった。

彼は、彼女に捧げる歌詞を作った。二人が諍《いさか》いをして仲直りした事、彼女の最期の時や永遠《とわ》の絆《きずな》の事を詠んだ。そして、付曲と歌を依頼し、更にCD製作も頼んだ。

彼は、折に触れそのCDを再生して、遺影の妻と二人で聴くのである。

彼は、その度毎に、遺影が微笑んでいるような気がする。和美は両耳を欹《そばだ》てている筈《はず》である。彼はCDに合わせて自らも歌う。妻の喜びが倍になるようにと。

ある日も、そうだった。その一時《いっとき》が、CDの時が過ぎ、彼は掃き出し窓の硝子越しに、裏庭に目をやった。初夏のそこには背高の草が群生し、小菊の様な白い花を一斉に付けていて、薫風に花々を揺らして、戦《そよ》いでいた。どこからか紋白蝶《もんしろちょう》がやって来て、揺れる花々を縫って飛び回り始めた。紋白蝶は番《つがい》ならず一匹だった。

和美に捧ぐ
～還らぬ和美との想い出を込めた歌をここに捧げて～

仲直りしたこと

Just having been conciled each other.

諍《いさか》い闌《た》けて you と I
御機嫌斜め you いずこ
暮れ方帰宅して直ぐに
黙ってすっと二階へと
独りお寿司を食べてたよ
Ｉは二階へ you の肩
軽く叩いて言ったっけ
独りでなんか食べるより
一緒に下で食べようよ
宥め待ってた you だった
お寿司のパックさっと閉じ
それを片手に階下へと
Me 従えて嬉し気に
そして二人で睦まじく

巻と稲荷で質素でも
優しく捲かれ包まれて
夫婦の絆真似《まね》してた
You とＩとは分け合って
残さず食べて箸下に
美味しかったと声揃え
御馳走さまと乾杯し
莞爾《にっこり》笑顔交してた
終わり良ければ総て良し
350 ミリリットル
麦酒《ビール》の缶の軽やかに
二つ並んでテーブルの
上に並んで見えぬ手を
大団円と挙げていた
宵の明星漸《ようや》くに
初夏の夜空に影優《やさ》し
窓辺で二人眺めたよ

～仲直りしたこと～

2021.2.20

作曲　荒木薫
編曲　福間博

C7 F A7 B♭
いさかい　たけて　ユーー　とアイー　ごきげんななーめ
Em7 A7 Dm7 G7 Gm7 C7
ユー　いーずこー　くー　れかたー　きたくしー　てすーぐにー
A7 Dm A7 B♭
だまーってすっとー　にかいへと　ひとりおすしを　たべてたよー
Em7 A7 Dm7 G7 C7
アイはにかいへ　ユーのかたー　かるくたたいて　いったっけー
F Cm7 F7 C7 F
ひとりでなんかー　たべるよりー　いっしょにしたでー　たべようよ
B♭ G7 C7 Gm7
C7 F

キミは去り行く

You are being gone.

1．月影差して海浮かび

去《さ》り行くキミの沈み行き

不手際詫びる時も無く

間近に立ちし灯台の

照らす灯りに見守られ

2．月影射せど海鎮《しず》み

去《さ》りしのキミの今居るや

不手際無きと微笑みて

変わらず立ちし灯台の

照らす灯りに見えぬ手を

3．月影雲に海暗く

去《ゆ》きしのキミのいずこやら

不手際きっと寛大《かんだい》に

動かず立ちし灯台の

照らす灯りへ生還《かえ》り来《こ》い

～キミは去り行く～

2021.2.20

作曲　荒木薫
編曲　福間博

Dm Gm C7 F△7
つきかげさしーて うみうかびー さりゆくきみーの しずみゆきー
B♭△7 A7 Dm D7
ふてぎわわびーる ときもなくー まぢかにー たちしー
Gm A7 A7 Dm Dm
3
とうだいのー てらすあかりに みまもられー ー

去《ゆ》きし君《きみ》に　君《きみ》に去《ゆ》（逝）きしの

To gone you,To you having gone.

1

小屑《しょうせつ》の
天《そら》のいずこや君が星
應《こた》えぬ月の影許《ばか》り
降らす戯《たわむ》れ心無く
星は数多《あまた》のその一つ君

2

山に谷
思い出苦楽走馬灯
良きの募《つの》りて悪《あ》しき無く
長き年月《としつき》屋根一つ
足りて短しいやいやもっと

3

前向かん
君逝《ゆ》きてより朝《あさ》に夕《ゆう》
絆は固く変わらずば
胸にその仁《ひと》夢高き
此の背《せな》押し来て薫る妻風

4

どうしてる
男鰥《やもめ》が亦《また》声を
君の残すも満ち生《い》きん
永遠《とわ》の旅せん添い合いて
健やか笑顔君が遺影に

〜去《ゆ》きし君《きみ》に　君《きみ》に去《ゆ》(逝)きしの〜

2021.2.20

作曲　荒木薫
編曲　福間博

Dm　A　Dm　D7
しょうせーつのー　そらのいずこや　きみが　ほしー　こたえぬつーきの
Gm7　Dm　E7　A7　Gm
かげばかりー　ふらすたわむれ　こころなくー　ほしはあまたの
Dm　A7　Dm　Dm
そのひとつー　きー　みー

エピローグ

優和は、和美が死をもって自分の心に安住した気持ちになったのだ、別天地に安住出来たのだと信じて、寡夫余生を二人分、前向きに歩み、何かと遺影の彼女に語り掛けるのである。

「遺影の君は、年をとらないなあ」

など と……。

著者プロフィール
伊賀 伴生（いが ともき）
1932年11月20日生まれ。岡山県出身。三重県在住。
大阪府立大学工学部卒業。株式会社大阪鉛錫精錬所定年退職。
かつては40年以上の市民ランナー。現在は短歌、俳句、川柳に親しむ。

結婚の野原

2023年４月15日　初版第１刷発行

著　者　伊賀 伴生
発行者　瓜谷 綱延
発行所　株式会社文芸社
〒160-0022　東京都新宿区新宿1－10－1
電話　03-5369-3060（代表）
03-5369-2299（販売）

印刷所　株式会社エーヴィスシステムズ

ISBN978-4-286-30081-8